詩集

夜明けのばら

大橋住江

砂子屋書房

＊目次

装本・倉本　修

詩集　夜明けのばら

潮風が舞う

凋落と開花の
波のうねりをこえて
ひたすらに　海のひびき

潮風が舞う
豪奢な波の旋律

たえまなく　音をけずる
音のかがやき

いまを生きる
いのちの海原に
時は甘美に波うち
悠然の羽をひろげる

夜明けのばら

ばらよ
夜明けのばらよ
見えないあなたの楽器は
どんな音色を
ふるわすだろう

大地のばら

あかつきの
まなざしにゆれる
大地のばらよ

一本のばらに託す
愛のうた
ときめきの夏を奏でる

たたえるいのちの在るために
鮮烈な　時のかがやき

朝がくる

薄明の空に消えてゆく
星々の影

朝がくる
あけぼの色の戦慄だ

黄金の櫂を漕ぐ

深々と
太陽の海原に
若い大気の目覚め

見あげれば

見あげれば　星空
しじまをつつむ
神秘の屋根
はるかな
夜明けの兆しを秘めて

闇にふるえる
ひかりのみずみずしさ

残月は傾き

残月は傾き
薄明の空をふるわす
ひとすじの戦慄

いのちの絃を
かき鳴らす
それは

夜明けの風だった

こわれやすい
時間《とき》のうつわを秘めて
ゆれうごく
一輪のばら

星々は

星々は黙し
かすかにきらめいている
しののめの空の色

未来
その神秘の影よ

黄金の「時」を奏でる
ひかりの花

あかつきの旋律

あかつきの旋律は
ただよう
ひかりのゆりかご

水平線をゆらす
ばら色の海

みずみずしい　みずいろの
優雅にきらめく
宇宙の風

はずむ
太陽の海原に
大いなる「時間《とき》」のあゆみ

夜明けの渚

あなたの愛が
無限にした
しののめの
未知のときめき

しじまにみちた海原の
おびただしいひかりのあふれ

夜明けのなぎさよ
新たないのちの旋律
優美のきわみを奏でる

曙

春　歓喜をはこぶ
豊饒の海

はるかな
ひかりのさけび
愛のばらとなって

飛ぶ鳥のように
うちふるえる
太陽の波

黄金の一瞬をきざむ
あなたの
海へのまなざし

夜明けの音

大いなる　沈黙のうしろに
新しい夜明けの音
未来は　鮮やかな旋律だ

重奏する　いのちのあこがれ
甘美な　大地の目覚め

静かに
あなたの内部が聴こえるように

六月

六月の太陽は
けやき並木のさざ波
よみがえる
翠緑の音
はるかな

ひかりの花輪を編む

時間

いざなう甘美なふるえにも
「時間《とき》」は　屈服しない

いとおしむ　いのちの夏よ
ただ一度の存在に
深々と　愛のうた

目覚めよ
時は若い
あこがれを知る
風の旅人

音

青春の鼓動にふれる
みずみずしい
感性の海原で

ひとしずくの
音のさざなみ

目覚めていく　音の一瞬
消えていく　音の一瞬
たおやかな　ひかりの音

渚

潮の香にみちた
緑の風よ
いまをうたう
渚の音
砂浜にうちよせる

豪奢な波のうたかた
ひたすらに　海の響き
ひたすらに　ひかりのあふれ

波の音を聴く

白い　貝がらが二つ
私のてのひらの上で
はるかな
海のうたを奏でていた

かすかな意識の底で
とおい　ひびきの世界

波の音にゆれる
新しい時間にゆれる
豊饒な　浜辺の音

戦い終わった　あの日のように
未来は　明るくひらけていた

波の足跡

さらさらと
波の足跡
砂浜をあるく
私のこころの内側を
さらさらと
波の足跡

さらさらと
流れていく
まぶしいひかり

解き放つ
いとしいもの
軽やかな　未来の羽音

沈　黙

佳麗な夕映えの海に
太陽は沈んだ
大きな　沈黙をのこし
宵の明星　ひとつ
深々と　きらめく

青い夏

青い夏は去った
寂寥の翳りをゆらし
ときめきの　時の流れ

未来
その軽やかな翅よ
夢の海峡をわたる

未来

未来
あなたの時間をたがやす
豊饒な海
たえまなく　なぎさの音の
夢のさざなみ

野ばら

ひとむらの
野ばらが抱く
愛の香り

かすかにそよぐ
ふくいくの風

ばらよ
野ばらよ

いとおしむ
いのちのきらめき
そのかすかなふるえに
世界が動く
愛のように

カンナの花

はるかな青い夏の日
太陽のあふれる岸辺に
カンナの花が咲いた
赤いカンナの花がゆれた
それは
とおい記憶の小径

すでに
夏の海はとおく
夕凪の刻々のふるえ
かすかにそよぐ
夕映えの風

ひまわり

ひまわりの花が咲いた
黄色い
花びらがゆれた

それは
太陽からの　ひかりの使者

明るい
やさしさを秘めた
大地にもえる
愛の色

青い夏の日の
夢のあふれ

さくら

さくら　さくら
さくらの花の
匂いを愛でる

風の波
花の波

いくたびの夢のおののき
惜しみなく
過ぎゆくあふれ

とどまる「時」をあたえるな
生の只中に在って

五月のばら

五月の響きを奏でる
一輪のばら
はるかな風におくられ
ゆれうごく
太陽のばら

そのかぐわしい空間に
世界の音を奏でる
かすかな　いのちの羽音をふるわせ

ばらよ
ひかりのばらよ
天使の微笑のように
ゆれうごく
ばら色のばら

大橋住江（おおはしすみえ）
一九三一年　浜松市に生まれる

著書（詩集）
一九六〇年『おおわれた夏の日に』詩旗社
一九六三年『櫂』詩旗社
一九六五年『憂愁』思潮社
一九六六年『生の揺籃』思潮社
一九六九年『フリュート賛歌』思潮社
一九七二年『感受の森』青土社
一九七七年『祈りの思念』青土社
一九七九年『流れの幻想』創芸社
一九八二年『海の鏡』創芸社
一九八九年『沈黙の音』沖積舎
一九九四年『時間の海』沖積舎
二〇〇五年『ひかりの音』沖積舎

日本現代詩人会会員・中日詩人会会員
静岡県浜松市中区菅原町一二―一〇　ニューライフ浜松一〇五号（〒四三二―八〇四一）

夜明けのばら　大橋住江詩集

二〇一八年四月三〇日初版発行

著　者　大橋住江
発行者　田村雅之
発行所　砂子屋書房
東京都千代田区内神田三―四―七（〒一〇一―〇〇四七）
電話〇三―三二五六―四七〇八　振替〇〇一三〇―二―九七六三一
URL http://www.sunagoya.com

組　版　はあどわあく
印　刷　長野印刷商工株式会社
製　本　渋谷文泉閣